Geronimo Stilton

LA ISLA DE LOS DINOSAURIOS

AF727577

DESTINO

Textos de Geronimo Stilton
Coordinación de textos de Margherita Banal (Atlantyca S.p.A.)
Coordinación editorial de Patrizia Puricelli
Edición de Benedetta Biasi

Ilustración de cubierta de Davide Cesarello *(dibujo)* y Christian Alipandri *(color)*
Dirección artística de Iacopo Bruno
Diseño gráfico de Pietro Piscitelli / *the*World*of*DOT
Ilustraciones interiores de Davide Cesarello *(dibujo)* y Christian Alipandri *(color)*
Coordinación artística de Lara Martinelli
Proyecto gráfico y maquetación de Daria Colombo *a partir de una idea de* Michela Battaglin

Idea original de Elisabetta Dami
Título original: Isola dei Dinosauri. Titanosauro in azione
© *de la traducción:* Miguel García, 2024

Destino Infantil & Juvenil
infoinfantilyjuvenil@planeta.es
www.planetadelibrosinfantilyjuvenil.com
www.planetadelibros.com
Editado por Editorial Planeta, S. A.

Primera edición: septiembre de 2024
ISBN: 978-84-08-29018-6
Depósito legal: B. 12.441-2024
Impreso en España

El papel de este libro procede de bosques gestionados de forma sostenible y de fuentes controladas.

Geronimo Stilton

TITANOSAURIO EN ACCIÓN

DESTINO

CUARTEL GENERAL DEL DINO
(DEPARTAMENTO DE INVESTIGACIÓN DE LA NATURALEZA ORIGINARIA)

KARINA VON FOSILEN
¡Sus conocimientos sobre fósiles y dinosaurios son simplemente inigualables!

GENNY GEIGER
Es la científica del grupo, ¡por sus venas corre sangre pirata!

GERONIMO, TRAMPITA, BENJAMÍN Y TRAPPY

Agentes especiales del DINO, forman un equipo supercompenetrado para aventuras a prueba... ¡de dinosaurios!

LENNOX JUNGLE

¡Es el explorador con el sentido de la orientación más calamitoso que hay!

N
O
E
S
Bosque de los Gigantes
Pico Helado
Acantilado del Canguelo
Bosque Estrident
Rápidos Empinados
Bahía Nosebañenaquí
Caverna fosilizada
Pantano atufante
Fosa del Co
Profundo
Círculo de las Aletas

ISLA METEORITO
¡DONDE LOS DINOSAURIOS NUNCA SE EXTINGUIERON!
Cresta
angulosa
Hojarasca salvaje
Laguito del
Alarido Jurásico
Valle de la
Extinción
Claro Plácido
Golfo Seguro
Selva
Primordial
Galeón
del DINO
Playa del
Galeón
Playa
Ventosa
Piscina
de los
ictiosaurios
Helechos feroces

A BORDO DEL GALEÓN

Era una plácida mañana de primavera y yo estaba roncando feliz cuando...

¡PLENG, PLENG, PLENG!

Por mil quesos de bola, ¿qué era aquel estruendo? Me senté, pero... **¡PLONK!**

Me pegué un cocorotazo fortísimo.

¡Qué dolor felino!

Abrí un ojo y...

¡Pues claro, queridos bocaditos de que-

so! No estaba en Ratonia, ¡sino en la litera de un galeón pirata!

¡Y no era un galeón cualquiera, sino el GALEÓN del DINO (Departamento de Investigación de la Naturaleza Originaria), encallado en la mítica y superratónica Isla Meteorito!

Pero, perdonad, ¡todavía no me he presentado! Me llamo Stilton, *Geronimo Stilton*, y soy el director de *El Eco del Roedor*, el periódico más famoso de la Isla de los Ratones.

Por todo el galeón resonaba un estruendo de platillos: ¡era el despertador favorito de la profesora Genny Geiger!

—¡Por mil filibusteros, Geronimo! ¡Trampita! ¡Los demás agentes especiales ya están aquí! ¡Reunión extraordinaria en el LABORATORIO SECRETO! —chilló la profesora.

Corrí al laboratorio, pero cuando llegué...

¡PLENG, PLENG, PLENG!

Me encontré con mi sobrina Trappy, que chocó los platillos a un palmo de mi hocico, haciendo que me **vibraran los bigotes** del susto.

—¡Aquí estás por fin, Geronimocho! —dijo riéndose—. ¡¿Un despertar difícil?!

En aquel momento entró también en la habitación mi primo Trampita. Ahora sí que el **EQUIPO** estaba completo: en el laboratorio se encontraban ya mi sobrino Benjamín, la famosa paleontóloga Karina von Fosilen, el intrépido explorador Lennox Jungle y, naturalmente, la profesora Genny Geiger.

Y ahora que estábamos todos reunidos, ¡tan solo nos faltaba descubrir el motivo de aquella convocatoria tan urgente!

Pero si sentís curiosidad y os estáis preguntando cómo comenzó aquella increíble aventura, hay algo que podéis hacer... ¿Estáis listos? **¡PASAD LA HOJA!**

EL DÍA ANTERIOR, REGRESABA A CASA CUANDO DE REPENTE...
¡AAAARJ! ¿QUÉ ES ESO?

¡ME MONTÉ EN AQUEL EXTRAÑO MEDIO DE TRANSPORTE DEL DINO!
¡POR MIL QUESOS DE BOLA! ¡VAYA VIAJE!
CHILLÍÍÍ... ¿DÓNDE ESTAMOS?
DE ESE MODO ME VI DE NUEVO EN ISLA METEORITO...

Volviendo al presente, Trampita preguntó:

—Y bien, ¿cuál es nuestra nueva misión? ¿Qué **DINOSAURIO** tenemos que salvar esta vez?

¡Por mil quesos ahumados! Me había olvidado de revelaros el detalle más importante: ¡**ISLA METEORITO** es un lugar increíble, donde los dinosaurios no se extinguieron y siguen viviendo tranquilos, en absoluto secreto y lejos de las miradas de todo el mundo!

BARBAGRÍS GEIGER

La profesora Genny Geiger se aclaró la voz y dijo:

—¡Por los setenta corsarios de los siete mares! La **MISIÓN** de hoy exigirá toda vuestra argucia, toda vuestra fuerza, todo vuestro coraje...

Lennox me dio un codazo y dijo:

—¿Has oído, miedica? ¡Ha dicho **CORAJE**! ¡Esa palabra no te cuadra nada!

Yo negué con la cabeza.

—¡Viva! ¿Habrá que perseguir a **CACHORROS** de dinosaurio? —exclamó Benjamín.

Trappy añadió:

—¿Y **AVENTURAS SUPERRATÓNICAS** que vivir?

Trampita se acarició la barriga, todo contento, y dijo por su parte:

—¿Y muchos tentempiés de queso que roer?

—¡Lo que sea con tal de que no terminemos roídos nosotros! —exclamé yo, ¡temblando como un flan de triple queso jurásico!

Genny se ajustó el pañuelo que llevaba en la cabeza y nos explicó:

—¡Vuestro objetivo es de la máxima importancia! ¡Tendréis el honor de sacar a la luz un gran misterio que rodea la historia de Isla Meteorito!

—¡¿Un misterio?! —pregunté con los bigotes vibrándome ya de **emoción**.

También Benjamín y Trappy chillaron muy contentos:

—¡Guau! ¿Cuándo partimos? ¿De qué misterio se trata?

—¡*POR LAS BARBAS DE MI ABUELO PIRATA*, sois dos grumetitos entusiastas! —afirmó sonriente la profesora Geiger.

—¡Venga, Genny! ¡Ha llegado el momento de que les reveles a nuestros amigos algunos detalles más de tu pasado! —dijo Karina.

Nosotros nos sentamos y nos dejamos hechizar por la **verdadera historia** de Genny Geiger, la que empezó poco tiempo después de que terminara sus estudios en la universidad...

¡ESTA VIDA
NO ES PARA MÍ!
EN AQUELLA ÉPOCA TRABAJABA
COMO INVESTIGADORA, PERO
SOÑABA CON VIVIR AVENTURAS...
Gloria

¡ALLÍ HAY UNA ISLA!
... ¡HASTA EL DÍA EN QUE PARTÍ PARA SEGUIR LA PISTA DE MI ANTEPASADO BARBAGRÍS GEIGER!
¡DESDE HOY ESTA SERÁ MI CASA!
¡Y ASÍ FUE COMO LLEGUÉ A ISLA METEORITO!

UN BAÚL MISTERIOSO

¡La vida de Genny parecía salida de un **LIBRO DE AVENTURAS**! Pero aún había algo que se me escapaba: ¿qué tenía que ver aquella historia con nuestra misión?

—Estábamos ordenando el almacén del galeón para hacer hueco a la **colección** de recuerditos y recuerdones jurásicos de Genny cuando... ¡encontramos esto! —explicó Karina.

Nuestra amiga nos enseñó un viejo **BAÚL**. ¡En la cerradura estaban grabadas unas iniciales!

—B. G. —leyó Trappy—. ¡Como Barbagrís Geiger! ¿Es su baúl?

—¡Puedes apostar todas las perlas del océano, chiquilla! —le confirmó la profesora—. Y cuando lo abrí, empecé a desechar un amasijo de **CACHIVACHES**: **SABLES DESPUNTADOS**, **PAÑUELOS AJADOS**, **¡CATALEJOS ROTOS!** ¡Pero luego encontré esto!

—¡Un trozo de un mapa antiguo! —exclamó Benjamín con los ojos brillándole.

¡Por mil quesos de bola, ante nuestros hocicos había un trozo de un **mapa** antiquísimo de verdad, que representaba una parte

de la **ISLA DE LOS DINOSAURIOS**!

La profesora puso un dedo encima y dijo:

—¡Tendréis que ir justo AQUÍ!

Y señaló un punto donde destacaba una **GRAN X**.

—¿Por qué? ¿Qué hay ahí? —preguntó Trappy.

—¡Por todos los veleros metidos en una botella, eso no lo sé! —contestó la profesora—. Pero si mi antepasado Barbagrís Geiger resaltó este punto, ¡a la fuerza ahí debe de haber algo importante escondido!

A Trampita se le iluminó la cara.

—¡¿Eh?! ¿Qué oyen mis oídos? ¿Algo importante como... ¡un **TESORO**!?

Genny no contestó, así que Trampita insistió:

—Para eso es para lo que dibujan mapas los piratas, ¿no? ¡Para acordarse de dónde escondieron monedas, joyas y piedras preciosas! ¡Nos haremos ricos!

Lennox comentó:

—¡A mí no me importa hacerme rico! ¡Yo quiero **AVENTURAS**!

—¡Por supuesto! —asintió Trampita—. ¿Cómo no? Aventuras y... ¡un montón de monedazas!

Karina los cortó en seco:

—Haya o no haya un tesoro, esta X señala el **CLARO PLÁCIDO**, ¡así que será una excelente oportunidad para estudiar el hábitat de algunos de los dinosaurios más fascinantes de la isla!

—¿A-a qué te r-refieres? —pregunté alarmado.

Debéis saber que Karina es una roedora realmente brillante, con un solo defecto... Tiene la manía de estudiar a los dinosaurios de cerca, de muy cerca, ¡un poco demasiado cerca para mi gusto!

—¡A los **TITANOSAURIOS**, Ger! —respondió la paleontóloga—. ¡Los dinosaurios más grandes de Isla Meteorito! Estoy impaciente por **tenerlos** hocico a hocico...

—¡Oh, no, no, no! —chillé—. ¡A mí no me ape-

Geronimo se encuentra con...

EL TITANOSAURIO

Significado: LAGARTO TITÁNICO

Peso:
13 TONELADAS

Dieta:
HERBÍVORO

Longitud:
12 METROS

tece nada terminar TRITURADO por las megamandíbulas de un megadinosaurio!

—¡No tengas miedo, Geronimo! ¡Los titanosaurios son herbívoros!

Y Lennox añadió:

—¡Puedes estar tranquilo, cobardiquilla! ¡Además, mientras estés conmigo, considérate seguro! No habrá ningún peligro, ni uno solo, en tu camino...

Trampita bisbiseó:

—Ya, ya... ¡Porque contigo no suele haber ningún camino, je, je, je!

Por una vez estuve de acuerdo con mi primo: ¡Lennox era el explorador con el peor sentido de la ORIENTACIÓN que habíamos conocido nunca!

¿A LA DERECHA... O A LA IZQUIERDA?

La profesora Genny Geiger nos dio el **mapa** y nos hizo mil recomendaciones:

—¡No lo perdáis! ¡No lo manchéis! ¡No lo mojéis! Y... ¡no molestéis a los dinosaurios!

—¡Puedes estar tranquila, Genny! Volví sano y salvo del Bosque De-Aquí-No-Se-Sale... ¡Esta **MISIÓN** será un paseo! —dijo Lennox.

—Pero, antes de partir, ¡tenemos que cantar nuestro lema! ¿Os acordáis? —preguntó Karina.

¡Pues claro! ¡Todo **AGENTE ESPECIAL** del DINO debe prometer que protegerá a los dinosaurios y no revelará a nadie el secreto de su existencia!

¿Estáis listos, mis queridos quesitos? Repetid conmigo:

¡Amigos somos
y siempre nos ayudamos!
Los secretos
sabemos guardar
y por la fantasía
nos dejamos asombrar...

Mi primo saltaba entusiasmado:

—¡Me volveré RICO, MUY RICO, RIQUÍSIMOO! ¡Pondré las patas en el tesoro de Barbagrís, palabra de Trampita!

—¿Cómo puedes estar tan seguro de que la X indica precisamente un TESORO? —le rebatió Karina.

—¡Lo presiento! —le contestó él—. Yo tengo un sexto sentido para la riqueza... ¡Cuando está cerca, me pican los bigotes!

—¡Sucede así! ¡En mi caso, tengo un instinto innato para la aventura! Cuando voy en la dirección correcta, ¡me pican los bigotes! —comentó Lennox—. Y por cierto, hemos llegado...

Nuestro amigo abrió una TRAMPILLA escondida en la tierra, que comunicaba con uno de los muchos túneles de Isla Meteorito.

Trappy exclamó:

—¡Superratónico! ¡Un ATAJO SECRETO!

Y se metió dentro, seguida inmediatamente después por Benjamín, Karina y Trampita.

—¿Debemos bajar ahí a la fuerza? —pregunté perplejo.

No sé si lo sabéis (y si no lo sabéis, yo os lo digo), pero Isla Meteorito está atravesada a lo largo y a lo ancho por una red de GALERÍAS secretas excavadas por los fundadores del DINO. Resultarían comodísimas si no fuese porque... ¡son oscuras, húmedas y decididamente inhóspitas!

—¡Mi pávido amigo, este TÚNEL lleva al Claro Plácido, el hábitat de los dinosaurios herbívoros de Isla Meteorito! Pero, si lo prefieres, puedes cruzar la isla pasando bajo el morro de decenas de dinosaurios y corriendo el riesgo de toparte con el temible Boston Blake... —dijo Lennox.

—¡Voy ahora mismo! —chillé.

Aaay, allí abajo estaba tan **OSCURO** que no se distinguía un gato de un pato, pero siempre era mejor que acabar entre los dientes de un T. Rex o en las garras de Boston Blake, ¡el pirata enemigo número uno del DINO!

Nuestro amigo Lennox se puso a rebuscar en su **mochila** refunfuñando:

—Esto no, esto tampoco y tampoco esto otro... ¡Ah, aquí se había metido, pero ahora no lo necesitamos!

Tras descartar, por orden:

-una guitarra desafinada,

-un gorro de baño en forma de unicornio y

-un juego de esponjas de silicona,

exclamó radiante:

—¡Aquí está! ¡Por fin la he encontrado!

En sus patas sostenía una lámpara de mesilla con pantalla de ganchillo.

—Me he dejado olvidada mi **LINTERNA** frontal, ¡pero esta la sustituirá magníficamente!

Dicho aquello, nos guio con seguridad por subidas y bajadas, giros repentinos y bifurcaciones subterráneas hasta...

—¡Ya estamos, mis temerarios amigos! —anunció satisfecho señalando una nueva trampilla justo encima de nosotros.

¡*Fiuuu*, qué alivio! ¡Habíamos LLEGADO!

—¡Tengo que reconocer que esta vez no te las has arreglado mal, Lennox! —exclamé.

Pero, cuando salimos al aire libre, vimos que estábamos en un BOSQUE húmedo, en el que sonaban gritos agudos y molestos.

—¡Oh, no! —suspiró Karina—. Esto no es el Claro Plácido, sino el Bosque Estridente... ¡Nos hemos desviado!

Lennox sacó el mapa de Isla Meteorito y dijo:

—Ejem... ¡Por eso los bigotes ya no me picaban! En la penúltima BIFURCACIÓN hemos torcido a la izquierda en vez de a la derecha!

—Pues a mí me pican los bigotes... ¡de nerviosismo! ¿Será posible que no haya vez, ni una sola, en la que nos lleves hasta nuestro destino sin equivocarte de CAMINO? —masculló Trampita.

—¡Mantengamos la calma, agentes especiales! —intervino Karina—. ¡Y permanezcamos unidos! ¡No hay necesidad de discutir! Volveremos al túnel y...

Entonces, una gran nube tapó el sol, RAYOS rojos rasgaron el cielo y el aire se llenó de humo.

—¡Malas señales! ¡Malas, malísimas, malisimísimas señales! —exclamó mi amiga paleontóloga.

Lennox, entretanto, se había puesto a rebuscar de nuevo en su mochila.

Y tras haber sacado

-una freidora de viaje,

-un albornoz de fantasía,

-un collar de flores,

extrajo un paragüitas plegable y dijo:

—¡Aquí está! ¡Sabía que me resultaría útil en el momento preciso!

Karina meneó la cabeza diciendo:

—¿Y cómo crees que puede resultarnos útil... contra una LLUVIA DE METEORITOS?

¡¿Comocomocómo?!

¿LLUVIA DE METEORITOS?

—No sé vosotros, amigos —rezongó Trampita—, pero yo quisiera llegar sano y salvo hasta el tesoro, así que me vuelvo ahora mismo al túnel y...

¡SWIIIIIIIIIIIIIISH!

¡El primer meteorito ardiente cayó a tierra y obstruyó la entrada del pasadizo secreto!

¡DESPEJADO CON VARIACIONES!

—¡Esto es solo el principio, amigos! —chilló Karina—. ¡Pongámonos a cubierto!

No nos lo pensamos y buscamos refugio. Miré **A LA DERECHA** y **A LA IZQUIERDA**..., ¡pero no daba con un lugar resguardado!

Trappy chilló:

—¡Eh, allí abajo hay una cueva, intentemos llegar a ella!

—¡Buena idea! —comentó Lennox—. Pero tendremos que ser más veloces que los meteoritos...

—¡¿Qué quieres d-decir?! —balbuceé.

—¡CORRE, MIEDICA! ¡O nos achicharrará la lluvia de meteoritos!

¡*Chillííí*, no era precisamente mi día de la suerte!

Poco después tronó...

¡Y del cielo llovieron más **METEORITOS**!

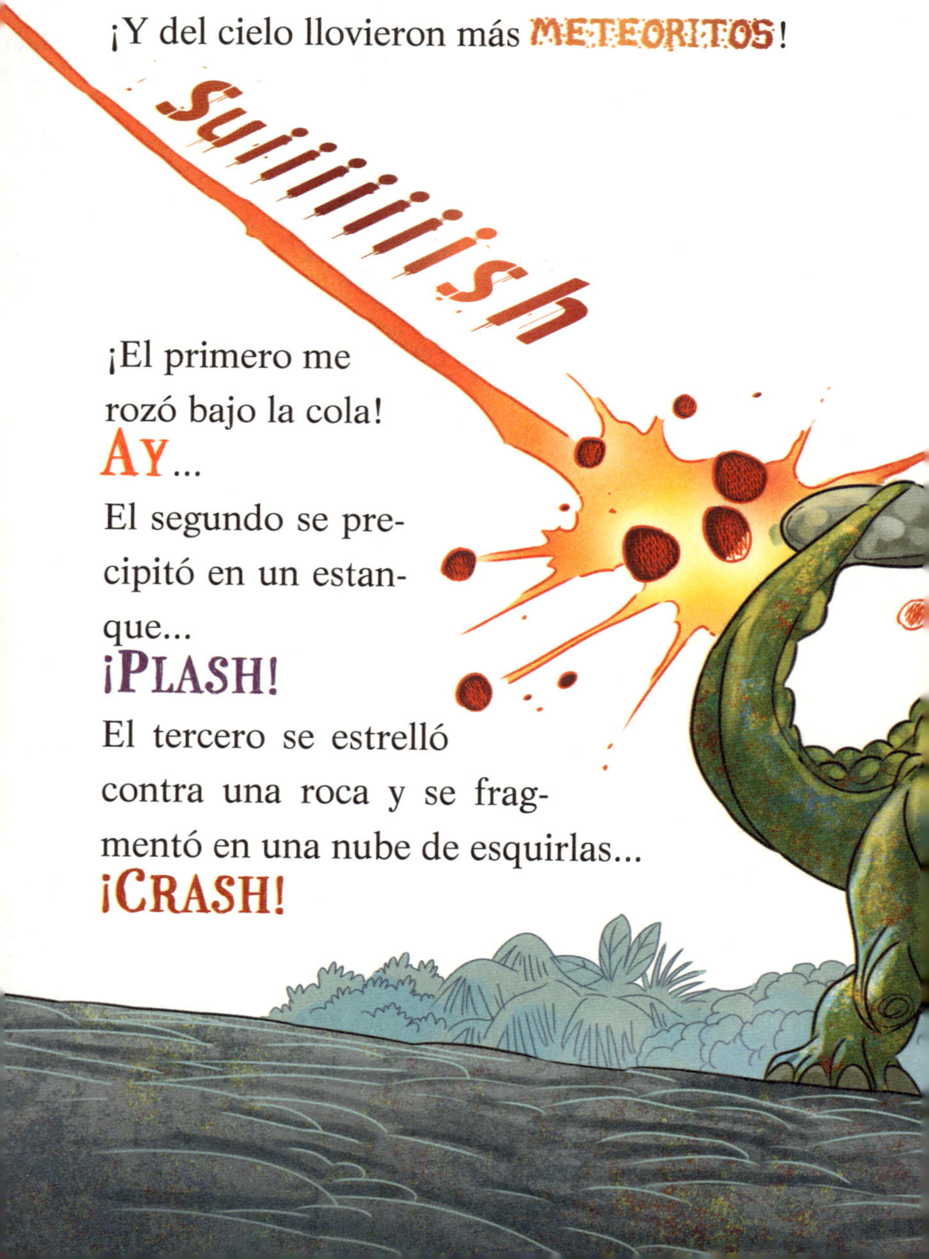

¡El primero me rozó bajo la cola!

AY...

El segundo se precipitó en un estanque...

¡PLASH!

El tercero se estrelló contra una roca y se fragmentó en una nube de esquirlas...

¡CRASH!

—¿Estamos todos bien? —preguntó Karina.

Iba a decirle que sí cuando vi que una **ESQUIRLA** incandescente volaba hacia Benjamín. Él se volvió, pero era demasiado tarde...

—¡**CUIDADO, BEN!**

Entonces, un dinosaurio se plantó delante de él y...

¡PATAPLANG!

Utilizó la cola para poder repeler el meteorito, **DESINTEGRÁNDOLO** en muchos trocitos.

Yo corrí enseguida hasta Benjamín.

Él le acarició una pata al dinosaurio y dijo:

—¡Tío G, creo que es a él al que debemos darle las gracias!

—¡Un bonito **ejemplar** de anquilosaurio! —exclamó Karina—. *Ups*, quería decir... ¡de anquilosaurios! ¡Con sus crías y todo!

Geronimo se encuentra con...

EL ANQUILOSAURIO

Significado: LAGARTO RÍGIDO

Peso: UNAS 2 TONELADAS

Dieta: HERBÍVORO

Longitud: 6 METROS

Me volví para mirar mejor. En efecto, al dinosaurio lo seguían tres pequeños que se estaban alejando de allí.

—¡Probablemente ha pensado que también Benjamín era un *cachorro* y ha corrido a ayudarlo! —concluyó la paleontóloga.

—El anquilosaurio es herbívoro, ¿verdad, Karina? —preguntó Benjamín.

—¡Así es! HERBÍVORO, pero con mucho carácter. Como habéis visto, ¡usa la cola como arma letal de defensa! —explicó Karina.

Lennox carraspeó y dijo:

—Mis temerarios amigos (¡tú también, cobardiquilla!), lamento interrumpir la lección, ¡pero el cielo presagia otro DILUVIO de meteoritos!

¡Por mil quesos jurásicos, era cierto!

Inmediatamente después, una nueva y mortal DESCARGA DE RAYOS, acompañada de humo y rocas incandescentes, atravesó el cielo.

—¡Ánimo! —nos espoleó Karina—. Ya casi hemos llegado. ¡La cueva no está lejos!

Y así, con un último acelerón, dejamos atrás árboles y arbustos, y conseguimos meternos en la cueva, un instante antes de que un meteorito se estrellase en el suelo con un...

¡GOLPE ESTRUENDOSO!

¡EN MARCHA DE NUEVO!

Seguros en la cueva, Karina exclamó:

—¡Bien! ¡Ahora solo nos queda esperar a que pase esta tormenta!

—Pero es raro... —dije yo—. ¿A vosotros no os ha parecido que los ARBUSTOS se abrían para permitirnos escapar más deprisa?

—Sí... —asintió Trappy—. ¡Era como si el bosque quisiera ayudarnos!

—Bah, tonterías, yo creo que os habéis dejado **impresionar** por el cataclismo prehistórico... ¡Ahora calmaos! ¡¡¡La imaginación juega malas pasadas cuando se tiene un hambre felina!!! —refunfuñó Trampita.

—¡Eh, pero no eran IMAGINACIONES mías! —protestó Trappy.

Mientras tanto, Karina y Lennox comparaban el trozo de mapa que nos había dado Genny con uno completo de ISLA METEORITO.

—En cuanto cese la lluvia de meteoritos, tenemos que proseguir nuestra búsqueda del tesoro —comentó entonces el explorador estudiando el RECORRIDO con cara de gran concentración.

Karina sugirió:

—Si vadeamos el río en este punto, ¡llegaremos antes al claro!

—Al claro y sobre todo... ¡al TESORO! —precisó Trampita.

¡Por mil quesos de bola, mi primo parecía interesado en las riquezas de Isla Meteorito casi tanto como Boston Blake!

—¡Ha vuelto a salir el sol! —dijo Benjamín.

Lennox salió trotando de la cueva y exclamó:

—¡Vía libre, agentes especiales! La tormenta de meteoritos ya ha pasado... ¡CONTINUAMOS!

Reanudamos la marcha hasta llegar a un río impetuoso.

—Tenemos que encontrar un lugar donde la profundidad sea menor... ¡Solo así cruzaremos el río sin terminar en los RÁPIDOS EMPINADOS! —dijo Karina.

¿Comocomocómo? ¿Rápidos Empinados? ¡Oh, no! ¡¡¡Aquel nombre no me gustaba nada!!!

—¡Podríamos saltar a aquella piedra y usarla como apoyo! —propuso Trappy señalando una gran ROCA gris que afloraba en mitad del río.

—¡Qué raro, diría que no estaba hace un minuto! —dije yo.

—¡Pues es bien gorda, primote! —se carcajeó Trampita.

—¡Joven y valiente exploradora, has tenido una excelente idea! —exclamó Lennox, que saltó a la piedra.

Los demás lo seguimos y en un vibrar de bigotes estábamos sobre la roca, pero esta empezó a oscilar y sacudirse.

—Ejem... Amigos... —quise objetar—. E-esto no es una roca...
Bajé la mirada y vi el **MORRO** de una criatura indudablemente contrariada.
—¡Tienes razón, tío! ¡Es el caparazón de una **TORTUGA** gigante! —dijo Benjamín.
—¡Que no parece nada contenta de tenernos a bordo! —añadió Trappy.

—¡Qué *espléndida* archelon! —dijo Karina con voz dulce—. Deja que admire mejor tu morrito, guapa, quiero ponerte nombre. ¿Qué te parece **Miss Tortuy**? ¿Te gusta?

Por toda respuesta, sin embargo, ¡la tortuga nos volcó, haciéndonos caer en las aguas turbulentas del río!

Geronimo se encuentra con...

LA ARCHELON

Significado: TORTUGA PRIMORDIAL

Peso: UNAS 2 TONELADAS

Dieta: CARNÍVORO (crustáceos y moluscos)

Longitud: HASTA 4 METROS

EN LOS RÁPIDOS EMPINADOS

El impacto fue tremendo: ¡el agua estaba friísima! Agité las patas para mantenerme a flote, pero... ¡Enseguida me succionó un remolino!

¡SOCORRO!

Luego me arrastró la corriente...

¡¡SOCORRO, SOCORRO!!

Y al final los rápidos me llevaron corriente abajo...

¡¡¡SOCORRO, SOCORRO, SOCORRO!!!

—¡PARADMEEE! —chillé.

—¡Dicho y hecho!

Algo me **sujetó** mientras oía aquellas palabras. Eran los pies de Trampita. ¡Por mil quesos de bola, mi primo estaba agarrado a Benjamín!

Que a su vez... ¡agarraba la mano de Trappy! Que a su vez... ¡le daba la mano a Karina! Que a su vez... ¡le estaba dando el pie a LENNOX!

Que a su vez... ¡estaba agarrado a una roca que sobresalía! ¡Mis amigos habían formado una CADENA RATONESCA y de ese modo intentaban resistir la fuerza de la corriente!

Pero no era fácil: el río se precipitaba, poderosísimo, hacia el valle y Lennox corría el riesgo de soltarse de un momento a otro.

—Agentes especiales, así no aguantaremos mucho tiempo... ¡Estoy segura de que dentro de poco **NOS DESLIZAREMOS** por los Rápidos Empinados! —exclamó Karina.

Lennox suspiró.

—¡Ojalá tuviésemos una canoa! Fui tres veces campeón del mundo de **KAYAK** extremo, ¿sabéis?

—¡Pero nosotros no! —protesté.

En aquel momento, un tronco apareció desde la tupida vegetación que bordeaba los rápidos.

—¿De dónde ha salido eso? —chilló Trampita.

—¡Antes no estaba! —añadió Benjamín.

—¡Un buen explorador no pierde tiempo haciéndose esas preguntas! ¡Esto será nuestro kayak improvisado! ¡Subid a bordo y **SUJETAOS FUERTE**!

Era verdad, nuestra única posibilidad era obedecerle.

Mientras nosotros nos aupábamos al TRONCO, Lennox empezó a rebuscar en su mochila murmurando:

—Esto no, esto no debería estar aquí, esto tampoco...

Por orden, fue descartando

-una guía de los mejores restaurantes de Ratikistán,

-una raqueta de tenis y

-un secador de pelaje a energía solar.

—¡Lennox, la corriente nos está arrastrando! ¿A qué esperas? —le preguntó Karina.

—¡Ya está, lo he encontrado! —exclamó todo contento el explorador.

Por mil quesos de bola, Lennox tenía en la mano un gran **CUCHARÓN** telescópico.

—¡Un auténtico explorador sabe apañárselas con lo que sea que encuentra! —afirmó. Después, usando el cucharón como remo, ¡nos **CONDUJO** por los Rápidos Empinados!

SONIDOS DEL BOSQUE

Nuestro descenso concluyó con una zambullida vibrabigotes en un lago helado: ¡BRRRR!

Reemergí escupiendo agua y me encontré envuelto en una espesa niebla. Pero lo peor, no obstante, ¡era que estaba solo!

—¿D-dónde estáis todos? —susurré.

—¡Estamos aquí, Ger! —respondió la voz de Karina a través de la espesa niebla.

—Aquí, ¿dónde? —pregunté.

—¡AQUÍ, MIEDICA! —respondió la voz de Lennox.

Pero yo seguía sin ver a nadie. Hasta que entre la niebla aparecieron cinco SOMBRAS...

¡Ah, qué alivio! ¡Allí estaban Karina, Lennox, Trampita y los chicos!

—¡Esperadme! —grité—, ¡YA VOY!

Brazada tras brazada, nadé (un tanto torpemente) hacia ellos.

Por mil quesos de bola, después de aquel descenso trepidante y aquella zambullida en el agua helada, ¡tenía muchas ganas de abrazar a mis sobrinos!

Ya casi estaba: las sombras estaban cada vez, más cerca pero...

¿A quién (o qué) tenía delante?

La **NIEBLA** hacía todo más borroso, pero algo estaba claro: no había encontrado a mis amigos, sino a cinco... En fin, ¿cómo puedo describirlos? ¡¿Patos demasiado crecidos?! ¡¿Cisnes feroces?! ¡¿Pequeños pingüinos aguerridos y con plumas?!

No tenía ni idea, pero aquellos pajarracos estaban...

—¡CUAAAAAAC!

—chilló uno abriendo su pico puntiagudo.

Y a aquella señal, ¡también los otros se arrojaron sobre mí!

—¡AAAH! —chillé, y me sumergí para huir de sus picotazos.

Pero cuando volví a la superficie para tomar aire..., ¡las cinco BESTIAS seguían pisándome los talones!

Estaban a punto de volver a la carga cuando de repente...

—¡RRRASHUASSHRRRASH!

¡Un sonido espantoso se alzó de la vegetación que rodeaba el lago y mis perseguidores escaparon aterrorizados!

Por mil quesos de bola, ¿qué había sido lo que los había hecho HUIR?

Tal vez no fuera importante saberlo, lo que contaba era que... ¡se habían marchado!

Con un par de brazadas alcancé por fin la orilla, donde me reencontré con mis compañeros.

—¡Desde luego, tienes un talento único para meterte en LÍOS, Geronimito! —dijo Trappy—. ¿Por qué has nadado derecho hacia esos pajarracos? ¡Te habíamos dicho que estábamos AQUÍ!

—¡Pero AQUÍ no quiere decir nada! ¡AQUÍ puede ser cualquier sitio! —exclamé.

—Ah, no, primote —opinó Trampita—. Pon a funcionar tu cocorota: AQUÍ significa AQUÍ. No es ahí ni allí, ¡sino AQUÍ! Venga, ¡reconoce que solo querías nadar un rato!

¡A veces mi primo puede ser exasperante!

—¡Pero qué NADAR ni nadar! —estallé—. ¿Crees que me apetecía ser perseguido por esa manada de..., de..., de...?

Karina completó la frase con cara soñadora:

—¡Oh, esos eran unos rarísimos ejemplares de *Halszkaraptor escuilliei*!

—¡Halzska... ¿qué?! —pregunté confundido.

—¡HALSZKARAPTOR! —repitió ella—. Son unos dinosaurios particularísimos: ¡tienen cuello de cisne, cabeza de pato y cuerpo de pingüino! ¡Has sido afortunado por observarlos de cerca!

—¡Diría que he sido más afortunado por escapar de sus picos! —rezongué.

Geronimo se encuentra con...

EL *HALZSKARAPTOR ESCUILLEI*

Significado: LADRÓN DE HALZSKA
(nombre de la paleontóloga que lo descubrió)

Peso: ¡MÁS O MENOS
COMO UN PAVO!

Dieta: CARNÍVORO

Longitud:
60 CENTÍMETROS

—A propósito, ¡estoy impaciente por descubrir qué **DINOSAURIO** los ha ahuyentado! —dijo mi amiga.

Y sacó de su mochila un extraño aparato con una manivela a un lado.

—¿Y eso qué es? —le preguntó Benjamín, que se acercó intrigado.

Karina explicó:

—¡Es un dinófono! Registra los sonidos que emiten los dinosaurios y, gracias a una sofisticada tecnología, los asocia a la especie correspondiente. ¡Fijaos!

Giró la manivela y al instante el dinófono reprodujo el SONIDO vibrabigotes que había espantado a los cinco *dinocisnes*: ¡RRRASHUASSHRRRASH! Luego, por una ranura, el aparato escupió una HOJA en blanco.

Karina la examinó y comentó:

—¡Es raro, muy raro! El dinófono no asocia el SONIDO a ningún dinosaurio conocido...

—¿Y entonces? —preguntó Benjamín con curiosidad.

Karina respondió entusiasmada:

—¡Significa que ese sonido pertenece a una especie desconocida! ¡Es una noticia fantástica! ¿Os dais cuenta? ¡Tenemos la oportunidad de DESCUBRIR un nuevo dinosaurio! ¡¡¡Tenemos que seguir inmediatamente su rastro!!!

¡Yo, sin embargo, no tenía ninguna intención de descubrir un animal que emitía un sonido tan espantoso! Por suerte, Lennox dijo:

—Comprendo tu curiosidad, Karina, ¡pero antes de ir en busca de especies desconocidas, tenemos que concluir la CAZA DEL TESORO! ¡Primero de todo, nuestro objetivo!

¡A ESCALAR!

—¡Tienes razón, Lennox! —accedió Karina—. ¡El misterio del tesoro de Barbagrís merece toda nuestra atención! ¡¿Por dónde vamos?!

El explorador sacó el mapa de la mochila, lo estudió detenidamente y dijo:

—Veamos, veamos, veamos... Para llegar al lugar marcado con la X roja de Barbagrís Geiger, ¡tenemos que ir primero a la derecha y después a la izquierda!

—*Ejem*, Lennox... ¡Estás mirando el mapa al revés! —le hizo notar Karina.

—¡Qué despistado! —reconoció él—. Como si no hubiera dicho nada... ¡Vamos por ahí!

—¡Eh, pedazo de explorador con el sentido de la ORIENTACIÓN más penoso de las tierras emergidas! ¡Hay un tesoro que me está esperando y no quiero llegar tarde! —dijo Trampita.

—¡Tranquilo, mi intrépido compañero! Estoy seguro al cien por cien, ¡esa es la DIRECCIÓN correcta! —le aseguró Lennox.

Y nos guio sin titubear hasta llegar a un bosque de robles, arces y castaños.

—¡Por fin estamos en el CLARO PLÁCIDO! —anunció Karina.

Miramos hechizados hacia arriba.

Los árboles se elevaban en los márgenes del claro y parecían rozar las nubes. No se oía ni un ruido.

—Ahora entiendo por qué se llama Claro Plácido... —observó Trampita—. ¡Sentid qué PAZ!

—¡Oh, no, se llama así porque los dinosaurios que viven aquí son herbívoros de costumbres pacíficas, como los colosales titanosaurios!

Así era: nos estábamos internando en el hogar de aquellos **ANIMALOTES** tan altos como edificios... En comparación con ellos, ¡éramos hormiguitas!

Guiándonos por el mapa, llegamos ante una enorme **PIEDRA**.

—No lo entiendo —dijo Lennox, desconcertado—. El punto marcado con la X es justo este, ¡pero aquí solo hay esta megapiedra!

Extraño,
muy extraño,
es más, ¡extrañísimo!

Todos esperábamos encontrar una cueva, o un túnel, o algún pasadizo secreto. En cambio, ¡nos encontrábamos frente a una **MONTAÑA**!

Trampita soltó:

—¡Claro, lo sabía! ¡Te has vuelto a equivocar de camino!

Pero Lennox replicó:

—No, esta vez no me he equivocado, estoy seguro. Debe de haber otra **explicación**...

—Lennox tiene razón —asintió Karina—, ¡sabíamos que teníamos que llegar al Claro Plácido y es aquí adonde nos ha traído!

Trampita gimoteó:

—¡Oh, no! ¡¿Qué habrá sido de mi **TESORO**?!

Benjamín añadió:

—La profesora Geiger contaba con nosotros... ¡No podemos volver con las manos vacías!

Lennox exclamó con determinación:
—¡ESTO NO HABRÁ ACABADO HASTA QUE HAYA ACABADO! ¿Quién dice que el secreto de Barbagrís no se encuentra en lo alto de esta pared?
Solo de pensar en que podríamos HALLAR el tesoro, los ojos de Trampita volvieron a brillar.
—¡Por una vez has dado en el clavo, Lennox! Tenemos que intentarlo todo. ¡Empecemos la escalada!

¡POR FIN EN LA CIMA!

Al pensar en el palizón que me aguardaba, los bigotes se me pusieron lacios de desánimo. Desde que habíamos partido, todo había sido CAMINAR, TREPAR, ZAMBULLIRSE, HUIR a toda pata. Y ahora, ¿es que también debía escalar una montaña?

—¿Por qué no probamos a rodear la montaña en vez de subirnos a ella? —sugerí.

Pero ninguno me hizo caso. No solo eso, sino que mis compañeros ya habían empezado a trepar, frescos como rosas. Resignado, los imité y... ¡**SORPRESA**! ¡No era ningún palizón!

En un vibrar de bigotes alcanzamos la cima.

—¡Esta pared parece hecha aposta para que la

escalen! —observé sorprendido—. ¡Está llena de cómodos apoyos para las patas!

Karina dijo pensativa:

—¡Cierto! ¡Es como una cresta! Me recuerda a algo, pero ¿el qué?

En aquel momento, del vientre de la montaña se alzó un **RETUMBO** *(bbbrrr)*...

La roca tembló y se sacudió *(socorro)*...

¡Y en un instante la montaña se elevó metros y metros *(aaarj)*!

De repente, de la roca salió un cuello largo, qué digo **largo**, era **larguísimo**, es más, **larguisimimísimo**, ¡que terminaba en una cabeza de dinosaurio! ¡Oh, no, habíamos acabado de nuevo encima de una criatura prehistórica!

Karina chilló entusiasmada:

—¡No puedo creérmelo! Tú no eres una montaña, ¡eres un **titanosaurio**!

¡¡¡RAAAAAAAAH!!!

Por toda respuesta, el animalote abrió de par en par las fauces y soltó un sonido impresionante:

—¡RAAAAAAH!

Las rodillas se me pusieron más flojas que quesitos, se me hizo un nudo en el estómago y los bigotes me vibraron de canguelo. Chillé asustado:

—¡NOS VA A COMEEER!

Pero Karina explicó:

—¡No, no! ¡Eso era un bostezo! Nuestro amigo, como todos los titanosaurios, pasa el tiempo pastando vegetales y digiriéndolos... ¡Y ahora se acaba de despertar de su *siestecita digestiva*!

—¡Qué tierno! —exclamó Trappy acariciándolo—. ¡Te llamaré Dormilín!

Las tripas del animalote volvieron a rugir:

¡Brooo, brooo, brooo!

Trampita exclamó:

—¡Me da que tiene HAMBRE otra vez!

—Entonces, lo mejor es saltar al suelo... —opinó Lennox—. ¡O nos llevará con él en busca de comida, alejándonos de nuestro objetivo!

—Pero ¿cómo hacemos para bajar? —preguntó—. ¡No pensarás de verdad saltar!

—¡Claro que no, Geronimo! —me contestó Karina—. ¡NOS DESLIZAREMOS por la cola!

—¡Un dinotobogán! —exclamó contento Benjamín.

—¡SUPERRATÓNICO! —lo respaldó Trappy.

Y se lanzaron juntos, entusiasmados, por la cola del dinosaurio.

¡COFRES Y PROBLEMAS!

—¡Adelante, cobardiquilla! —me chilló Lennox desde el suelo—. ¡Tírate, vamos! ¡No será peor que lanzarse en parapente desde el monte Que-Más-Alto-No-Puede-Ser!

—¡Yo nunca me he tirado en PARAPENTE desde el monte Que-Más-Alto-No-Puede-Ser!

—¡Yo sí! —replicó él—. ¡Y te lo aconsejo!

Era inútil discutir con Lennox. Tenía que armarme de valor y bajar por allí, ¡aunque corriera el riesgo de quedar más espachurrado contra el suelo que una loncha de queso prehistórico! Así que respiré hondo y yo también me deslicé. Pero justo cuando ya estaba casi al final del descenso...

El titanosaurio levantó de golpe la **COLA** y cambió mi trayectoria *(¡¿qué?!)*, yo volé derechito al interior de una cueva fría y oscura *(¡socorro!)* y **RODÉ** como un bolo de bolera hasta chocar con algo duríísimo *(¡ay!)*.

Lennox, Karina, Trampita y mis sobrinos corrieron detrás de mí e iluminaron la cueva con la lámpara de mesilla de Lennox.

La cueva era húmeda y estaba vacía ¡salvo por la presencia de un gran **COFRE**! ¡Eso era contra lo que me había golpeado la cocorota!

Trampita vino corriendo hasta mí y me dio la pata para levantarme.

—¡Gracias, primo! —dije—. ¡Pero no es necesario que me ayudes, estoy bien!

—¡No quiero ayudarte! —chilló él—. Solo quiero apartarte... ¡del **TESORO**!

Dicho aquello, me apartó a un lado y abrió el cofre. ¡Por mil quesos de bola, estaba lleno de joyas y PEPITAS DE ORO!

Trampita se zambulló en él chillando:

Karina comentó:

—¡El mapa de Barbagrís indicaba de verdad un tesoro en la ISLA! El famoso y legendario tesoro de Isla Meteorito, ¡el que Boston Blake lleva buscando todos estos años!

—¡Bien dicho, señora Von Aguafiesten! —graznó una voz detrás de nosotros—. ¡Yo siempre tengo razón! ¡¡¡Jua, jua, jua!!!

¡Oh, no, era precisamente *él* en pelaje y bigotes! ¡El PIRATA Boston Blake, el enemigo número uno del DINO acompañado por sus pérfidos esbirros Esmirriado y Retaco!

Los tres nos amenazaron con los SABLES y nos obligaron a alejarnos del cofre.

—Este es un feo golpe de efecto, ¡casi peor que cuando se me acabó el agua en el Desierto Árido y Seco! —refunfuñó Lennox.

Karina miró a BOSTON BLAKE con aire retador y le preguntó:

—¿Qué hacéis aquí? ¡¿Y cómo sabíais de la existencia del tesoro?!

—¡Oh, no lo sabíamos en absoluto, moluscos!

Pero os hemos oído hablar mientras atravesabais el Bosque Estridente... ¡Desde entonces venimos siguiéndoos, grumetes debiluchos!

—Pero ¡¿cómo?! —exclamé.

—¡No os habéis dado cuenta de nada porque sois unos **BOBOS DE AGUA DULCE**! —respondió él—. ¿Quiénes creéis que han movido los arbustos para que pudierais **ESCAPAR** más rápidamente de la lluvia de meteoritos? ¿Quiénes pensáis que os han tendido el tronco que os ha salvado en los Rápidos Empinados? ¿Quiénes imagináis que han emitido el sonido que ha asustado y puesto en fuga a esos dinosaurios con plumas?

—Y todo eso... —dijo entre risotadas Retaco.

—... ¡para que nos trajerais hasta el **TESORO**! —se carcajeó Esmirriado.

Boston Blake rugió:

—¡Por todos los doblones de oro, callaos! ¡Yo

soy el jefe y soy yo el que habla! ¡Venga, cargad con el cofre y vayámonos!

Karina protestó:

—¡Coged el oro, pero dejad el **COFRE**! ¡Pertenece a Genny Geiger! ¡Es un pedazo de la historia de la isla!

Pero el pirata se encogió de hombros.

—¡Para mí, la historia de la isla no cuenta nada! Para mí solo cuenta la historia de mi riqueza... *¡¡¡Jua, jua, jua!!!*

UNA PIEDRA AL DÍA

Retaco y Esmirriado se lanzaron ávidamente sobre el cofre y lo sacaron de la cueva.

Antes de seguirlos, Boston Blake mascullό:

—¡Por todos los monstruos de los abismos, birlaros el tesoro ha sido hasta demasiado fácil, bobos!

—¡No eres más que un pérfido **TRAMPOSO**! —protestó Karina.

—Lo tomo como un cumplido, señora Von Aguafiesten... *¡Jua, jua, jua!*

Se quitó el sombrerucho, hizo una reverencia desmañada y de un salto salió de la cueva.

—¡Qué tontos hemos sido! —gimió Trampita—. **¡HEMOS PERDIDO EL TESORO!**

—¡No es verdad! —chilló Trappy—. ¡No podemos rendirnos así! ¡PERSIGÁMOSLOS!

—Sé que no quieres decepcionar a Genny, pero podría ser peligroso. Vosotros, chicos, quedaos aquí mientras nosotros...

Sin embargo, en aquel instante...

—¡RRRAAAAAAAAH!

Un sonido se alzó en el bosque e interrumpió a mi amiga. Luego se oyeron unos ALARIDOS DE TERROR...

—¡AAAAAAAAAH!

Siguió el ruido de dientes castañeteando: ¡TAC TAC TAC TAC TAC TAC TAC TAC!

¿Qué estaba ocurriendo? ¡Corrí afuera para mirar y casi no podía creer lo que veía!

¡Por los bigotes retorcidos del Gato con Botas, el TITANOSAURIO DORMILÍN estaba persiguiendo a los piratas!

¿Con qué intención?

¡Uh-uh!
¡Aaaaaar j...!
¡Sálvese quien pueda!

—Pero ¡¿no era un dinosaurio herbívoro?! —le pregunté a Karina.

—Claro que lo es... ¡Pero los piratas no lo saben! —me contestó mi amiga.

Yo no entendía ni corteza. Si Dormilín no quería comerse a los piratas, ¿por qué se le hacía la boca AGUA persiguiéndolos?

Agotados por la huida, los tres dejaron caer el cofre al suelo y salieron pitando para desaparecer por el horizonte.

El viento nos trajo las últimas palabras de Boston Blake:

—¡¡¡Esto no acaba aquí, bobos de agua dulceee!!!

¡En aquel instante, Dormilín se arrojó sobre las PEPITAS y el resto del oro del cofre y empezó a masticarlos!

—¡NOOO! —chilló Trampita, entrando en pánico—. ¡LOS TESOROS NO SE COMEN!

Y en su intento por detenerlo...

Trepó por su cuello *(pero ¿qué hacía?)*. Le SALTÓ al morro *(¡oh, no!)*. Y trató de cerrarle la boca *(¡cuidado!)*.
Pero el dinosaurio ni se inmutó ¡y siguió **zampando** pepita tras pepita como si fuesen palomitas!
—No lo entiendo —chillé perplejo—. ¡¿Desde cuándo los titanosaurios siguen una dieta a base de pepitas de oro?!
Karina nos explicó:
—Oh, no creo que a Dormilín le interesen por ser oro... ¡La verdad es que los titanosaurios ingieren **PIEDRAS** porque los ayudan a digerir!

—¡¿De veras?! —exclamaron boquiabiertos mis sobrinos.

Nuestra amiga paleontóloga concluyó:

—¡Sí! ¡En su **estómago**, las piedras muelen y hacen trizas incluso las hojas más duras!

En ese momento, Dormilín abrió las fauces y...

—¡BUUUAAARP!

¡Soltó un gran **ERUCTO**!

¡Por mil quesos de bola, el oro era realmente ideal para la digestión de los titanosaurios!

EL VERDADERO TESORO

Después de aquella comida a base de oro y pepitas, Dormilín se tumbó en el suelo y se durmió.

—*Zampa y siesta*, *siesta y zampa*... ¡No me parece que esté nada mal la vida del dinosaurio! —dije riéndome.

Trampita, en cambio, estaba de morros. Bufó:

—No creo... ¡Yo estaba a un paso de volverme ultramegafantamillonario y ahora ese animalote se ha **tragado** el tesoro solo porque tenía que digerir la comida! Voy a comprobar si al menos ha dejado alguna VIRUTA DE ORO...

Corrió hasta el cofre vacío, pero en su ímpetu tropezó con una piedra y rodó encima de él.

—¡Ay! —chilló levantándose del suelo y sacudiéndose el polvo.

—¡Eh! —exclamó Trappy—. ¿Qué hay aquí debajo?

Nos acercamos al **COFRE** intrigados. ¡Por mil quesos de bola, el revolcón de Trampita había dejado al descubierto un compartimento secreto!

—¡**QUÉ DESCUBRIMIENTO**, mis intrépidos compa-

ñeros! —dijo Lennox—. ¡Estoy más emocionado que aquella vez que encontré la ciudad sumergida frente a las costas de Al-Ratonesh!

Karina levantó con mucho cuidado el doble fondo y sacó un OBJETO rectangular y muy polvoriento.

—¿Qué es? ¿Qué es? —preguntó Benjamín.

—¿Un libro? —pregunté yo.

—¿Una placa? —preguntó Trappy.

—¿Una pequeña caja fuerte repleta de joyitas valiosas? —aventuró Trampita, esperanzado.

La paleontóloga sopló sobre el objeto, levantando una nube de polvo.

Y por fin descubrimos de qué se trataba.

¡Increíble! ¡Era el **diario de a bordo** del *Queso Volador*, el bajel pirata de Barbagrís Geiger!

—¡Es un **hallazgo** valiosísimo! —exclamó exultante Karina.

Trampita rezongó:

—Seguro que no como un cofre lleno de pepitas...

Pero la paleontóloga lo rebatió:

—¡Bien dicho! ¡Porque lo es MUCHO más! ¡Imaginad cuánta información podrá revelarnos sobre la **HISTORIA** de los antepasados de Genny y del pasado de la isla!

Mi sobrino Benjamín exclamó:

—¡Tenemos que llevarle este diario a la profesora de inmediato! ¡No va a dar crédito a sus ojos!

—¡Yo me encargo, mi intrépido y joven amigo! —proclamó Lennox—. Conozco un túnel que nos conducirá derechitos al **GALEÓN**... ¡Seguidme!

Y desapareció decidido en el bosque.
Los bigotes me vibraron de canguelo. ¿De verdad Lennox Jungle nos conduciría de vuelta al CUARTEL GENERAL DEL DINO o se perdería de nuevo, como de costumbre?
Intercambié una mirada de resignación con los demás agentes especiales, ¡no teníamos más remedio que seguirlo y descubrirlo!

LA AVENTURA CONTINÚA

Cuando volvimos a la base, Genny nos acribilló a **preguntas**:

—Y bien, ¿qué habéis descubierto? ¿Hay un tesoro? ¿Algún secreto? ¿Una cueva escondida? ¡Por todos los sables mellados, decídmelo!

—*Ejem*... Genny, si nos dejas hablar... —le dijo dulcemente Karina.

—¡Sí, sí, tienes razón, OS ESCUCHO!

Se lo contamos y Lennox le puso el diario en las patas. Ella lo cogió con cuidado y se emocionó.

—¡Pero si esto es un DESCUBRIMIENTO magnífico, grandioso, inestimable!

—Sí... —observó Karina—. ¡Descubriremos cuándo llegaron aquí tus antepasados, qué dinosaurios encontraron, cómo es que decidieron fundar el DINO!

—¡Por mil quesos de bola, leer el diario de a bordo de Barbagrís Geiger será como hacer un VIAJE SUPERRATÓNICO! —exclamé yo.

—¡Quiero hojearlo enseguida! —dijo Genny.

—¡Un momento, ¿y eso qué es?! —gritó Trappy señalando un papelito que había caído desde las páginas.

Genny lo recogió y los ojos se le desorbitaron de la sorpresa.

—¡Mirad! —exclamó.

Nosotros nos acercamos y... por mil quesos de bola, era otro trocito de mapa de Isla Meteorito. ¡Y tenía una bonita X roja marcada!

—¿Eso significa que hay otro tesoro? —dijo Benjamín.

—¡No solo uno! —exclamó la profesora—. Escuchad esto...

Y Genny nos leyó el **mensaje** que Barbagrís Geiger había anotado en la última página de su diario:

Aquí termina el viaje del *Queso Volador*.

En esta isla especial, llamada Meteorito, mi tripulación y yo hemos decidido abandonar la piratería y dedicarnos para siempre al cuidado de los majestuosos dinosaurios que la naturaleza ha preservado aquí. Pero, si habéis leído mi diario, ya me conoceréis: ¡me encantan los juegos y las bromas!

Por eso, esconderé todas mis riquezas en varios puntos de la isla y dibujaré un mapa que luego distribuiré entre mis baúles... Si estáis leyendo estas palabras, ¡recibid mis felicitaciones! ¡Ya habéis completado la primera etapa de esta caza del tesoro! Pero aún os queda una larga aventura...

—¡Guau! ¡Aquí, en Isla Meteorito, una no se aburre nunca! —exclamó Trappy.

Y vosotros, queridos amigos roedores, ¿os habéis divertido? Preparaos para regresar conmigo muy pronto a la isla de los dinosaurios, ¡una nueva **MISIÓN DINORRATÓNICA** nos espera!

ÍNDICE

A BORDO DEL GALEÓN 9

BARBAGRÍS GEIGER 15

UN BAÚL MISTERIOSO 20

¿A LA DERECHA... O A LA IZQUIERDA? 26

¡DESPEJADO CON VARIACIONES! 34

¡EN MARCHA DE NUEVO! 41

EN LOS RÁPIDOS EMPINADOS 47

SONIDOS DEL BOSQUE 52
¡A ESCALAR! 60
¡POR FIN EN LA CIMA! 65
¡COFRES Y PROBLEMAS! 70
UNA PIEDRA AL DÍA 76
EL VERDADERO TESORO 83
LA AVENTURA CONTINÚA 88

Geronimo Stilton

Marca en la casilla correspondiente los títulos que tienes de todas las colecciones de Geronimo Stilton:

Colección Geronimo Stilton

❒ 1. Mi nombre es Stilton, Geronimo Stilton
❒ 2. En busca de la maravilla perdida
❒ 3. El misterioso manuscrito de Nostrarratus
❒ 4. El castillo de Roca Tacaña
❒ 5. Un disparatado viaje a Ratikistán
❒ 6. La carrera más loca del mundo
❒ 7. La sonrisa de Mona Ratisa
❒ 8. El galeón de los gatos piratas
❒ 9. ¡Quita esas patas, Caraqueso!
❒ 10. El misterio del tesoro desaparecido
❒ 11. Cuatro ratones en la Selva Negra
❒ 12. El fantasma del metro
❒ 13. El amor es como el queso
❒ 14. El castillo de Zampachicha Miaumiau
❒ 15. ¡Agarraos los bigotes... que llega Ratigoni!
❒ 16. Tras la pista del yeti
❒ 17. El misterio de la pirámide de queso
❒ 18. El secreto de la familia Tenebrax
❒ 19. ¿Querías vacaciones, Stilton?
❒ 20. Un ratón educado no se tira ratopedos
❒ 21. ¿Quién ha raptado a Lánguida?
❒ 22. El extraño caso de la Rata Apestosa
❒ 23. ¡Tontorratón quien llegue el último!
❒ 24. ¡Qué vacaciones tan superratónicas!
❒ 25. Halloween... ¡qué miedo!
❒ 26. ¡Menudo canguelo en el Kilimanjaro!
❒ 27. Cuatro ratones en el Salvaje Oeste
❒ 28. Los mejores juegos para tus vacaciones
❒ 29. El extraño caso de la noche de Halloween
❒ 30. ¡Es Navidad, Stilton!
❒ 31. El extraño caso del calamar gigante
❒ 32. ¡Por mil quesos de bola... he ganado la lotorratón!
❒ 33. El misterio del ojo de esmeralda
❒ 34. El libro de los juegos de viaje
❒ 35. ¡Un superratónico día... de campeonato!
❒ 36. El misterioso ladrón de quesos
❒ 37. ¡Ya te daré yo karate!
❒ 38. Un granizado de moscas para el conde
❒ 39. El extraño caso del volcán apestoso
❒ 40. ¡Salvemos a la ballena blanca!
❒ 41. La momia sin nombre
❒ 42. La isla del tesoro fantasma
❒ 43. Agente secreto Cero Cero Ka
❒ 44. El valle de los esqueletos gigantes
❒ 45. El maratón más loco
❒ 46. La excursión a las cataratas del Niágara
❒ 47. El misterioso caso de los Juegos Olímpicos
❒ 48. El templo del rubí de fuego
❒ 49. El extraño caso del tiramisú
❒ 50. El secreto del lago desaparecido
❒ 51. El misterio de los elfos
❒ 52. ¡No soy un superratón!
❒ 53. El robo del diamante gigante
❒ 54. A las ocho en punto... ¡clase de quesos!
❒ 55. El extraño caso del ratón que desafina
❒ 56. El tesoro de las colinas negras
❒ 57. El misterio de la perla gigante
❒ 58. Geronimo busca casa
❒ 59. ¡A todo gas, Geronimo!
❒ 60. El castillo de las 100 historias
❒ 61. El misterio del rubí de Oriente
❒ 62. Un ratón en África
❒ 63. Operación Panettone
❒ 64. El misterio del violín desaparecido
❒ 65. ¡Final de Supercopa... en Ratonia!

❒ 66. Misterio en el Prado
❒ 67. La mágica noche de los elfos
❒ 68. La competición de los Supercocineros
❒ 69. El extraño caso del ladrón de chocolate
❒ 70. El extraño caso de los granos azules
❒ 71. La caza del Libro de Oro
❒ 72. El misterio de las siete matrioskas
❒ 73. El tesoro de Rapa-Nui
❒ 74. Hay un pirata en internet
❒ 75. El secreto de Leonardo
❒ 76. Unas vacaciones terribles en Villa Roñosa
❒ 77. El misterio del Papiro Negro
❒ 78. Alarma... ¡Ratón al agua!
❒ 79. Cita con el misterio
❒ 80. ¡Ay, ay, ay, qué aventura en Hawái!
❒ 81. La noche de las calabazas lobo
❒ 82. ¡Ya te daré yo miel, Stilton!
❒ 83. Se busca entrenador para las olimpiadas
❒ 84. El fantasma del Coliseo
❒ 85. Cumpleaños... ¡con misterio!
❒ 86. Medianoche escalofriante en el Castillo de la Calavera
❒ 87. El misterioso Ojo del Dragón
❒ 88. Los gigantes de las Colinas Chocolate
❒ 89. Cena con misterio
❒ 90. El oasis de los dromedarios escupidores
❒ 91. Un amor escalofriante
❒ 92. Gran misterio en el centro comercial
❒ 93. El extraño caso del ladrón de basura
❒ 94. El secreto de los tres samuráis
❒ 95. Persecución en Nueva York
❒ 96. El misterio de la góndola de cristal
❒ 97. ¿Dónde está Halcón Rojo?

LA ISLA DE LOS DINOSAURIOS

❒ 1. Tras las huellas del *T. rex*
❒ 2. ¡Triceratops al ataque!
❒ 3. Que viene el velociraptor
❒ 4. Titanosaurio en acción

QUERIDOS AMIGOS Y AMIGAS ROEDORES,
NOS VEMOS EN MI PRÓXIMA AVENTURA...
PALABRA DE STILTON,

Geronimo Stilton